一缕情丝

李育辉 著

中国华侨出版社
·北京·

图书在版编目（CIP）数据

一缕情丝 / 李育辉著.—北京：中国华侨出版社，
2024.3

ISBN 978-7-5113-9176-6

Ⅰ.①一… Ⅱ.①李… Ⅲ.①诗集－中国－当代
Ⅳ.①I227

中国国家版本馆CIP数据核字（2023）第242118号

一缕情丝

作　　者：	李育辉
出 版 人：	杨伯勋
特邀策划：	凤凰树文化
责任编辑：	肖贵平
特邀编辑：	杨　罡
装帧设计：	凤凰树文化
经　　销：	新华书店

开　　本：710 毫米 × 1000 毫米　　1/16开　　印张：18.625　　字数：140 千字
印　　刷：炫彩（天津）印刷有限责任公司
版　　次：2024 年 3 月第 1 版
印　　次：2024 年 3 月第 1 次印刷
书　　号：ISBN 978-7-5113-9176-6
定　　价：88.00 元

中国华侨出版社　　北京市朝阳区西坝河东里77号楼底商5号　　邮编：100028
发 行 部：（010）64443051　　传　真：（010）64439708
网　　址：www.oveaschin.com　　E-mail：oveaschin@sina.com

如发现印装质量问题，影响阅读，请与印刷厂联系调换。

李上枝头春意浓
育当培土锄秋果
辉洒千般成大同
诗词歌赋唱大鱼
书生花鸟虫膑趣
写虚写实写朦胧
真假善恶皆应景
情怀东南西北风

戊戌仲秋启茂书于淡水

李育辉诗书写真情（启茂／诗书）

　　哲人说，有诗的时代是伟大的时代，有诗的民族是充满希望的民族，心中有诗的人年轻快乐。与友人小聚，即兴谈诗及其书法，心血来潮，谋划编辑一本集子。启茂早年从事新闻工作，后改任军事干部，理论、训练、打仗，样样精通。目前虽然退居二线，其书法作品则另辟蹊径，越发炉火纯青，一些作品被国家图书馆收藏，香港荣宝斋镇店，海内外绅士名媛推崇；一些被权威机关定为非遗赠品用于外事活动；还有一些在旅游胜地镌刻，成为摄影留念打卡地。借启茂的书法之光，提升集子的魅力、诗歌的韵味，不失为绿叶红花，相得益彰。基于这种想法，在近年来的作品中，我选择了一百多首，编辑了《一缕情丝》，其内容包括月牙情、不老情、春秋情、草木情、山水情、故乡情、江湖情、军旅情、亲情、苦乐情十辑。其中摘录了一些句子，由启茂先生挥毫，插入书中。

      诗歌，于我纯属爱好，以前虽有少量诗歌散落于报纸杂志，但一直没有走上专业道路，包括前期由现代出版社出版的集子《走进春天》，都是心灵的呼唤，感情的自然流露。朋友们都说，作品大多积极向上、清新脱俗、内涵丰富，体现了真善美。这本集子，陆续写了几年，一部分已经在"诗歌中国"平台发表，一部分在新媒体客户端流传，作品借助人物的活动、事物的特征、自然世界的多姿多彩，从不同的角度切入，记录瞬间的真实和虚空。作品自由散漫，不讲究篇幅的大小、句式的长短，力求动感、质感、趣味性、生活化、看得懂。在修辞手法与表现手法上则注重个性化。诗歌多数以抒情为主，叙事为辅，或抒情、叙事与议论结合，但愿对读者有所启迪。

作者

2023 年 2 月 15 日

目 录
Contents

第一辑

月牙情

月牙儿

不知道初三还是初四

雨后

天空格外洁净

霓裳飘飘

一镰新月从东到西缓缓收割

稚口小儿忽然来了一句

月牙儿真美

月牙儿真美

我的月牙儿

我紧紧抱着　亲着

久久不肯撒手

我爱在天台写诗赏月

花鸟鱼虫万物

几十年如一日

一些早已散落报纸期刊

我觉得这句

最美

美

月子見真美

庚戌马

我想为孙儿写首诗

出生在虎年

一个成熟与收获的季节

虎头虎脑

如同丛林中的虎崽

你来到这个世界有点迟

但好饭不怕晚

我不善饮

也曾自提一壶

转了一圈又一圈

醉在电梯口

未经过你父母的允许

我偷偷亲过你额头

背着你的父母多加半勺奶粉

就像当年，背着父母

往锅里多投了一撮大米

看着你一天天长大

听着你吵食吵睡

复述着一天天的平静和热闹

我的心如同抹上一把蜜

我有一颗玫瑰之心

伴随着你长大

陪着你牙牙学语

陪你从嫩芽长到参天

成为实打实的汉子

孙儿

我想为你写首诗

诗中只有一个"爱"字

中规中矩的隶书或楷书挂在

家乡小屋的中堂

飞扬跋扈的狂草

留在心中

2022年12月24日夜

春 芽

一脚踏着黑暗

一头向着光明

一经突破就是顶天立地

风吹日晒常有

风餐露宿常态

风和日丽享受着雨露阳光

风吹草动警醒着心灵

风　传说着他的传说

雨　絮絮叨叨

讲述着他虎头虎脑

心大心细

争奇斗艳的故事

只有他自己知道

成长的付出与收获

他预料

时光总是不慌不忙

不偏不倚给他一些必要的经历

比如

鸟儿虫儿的袭扰

孤独寂寞的煎熬

同类异类的挤压

2022年7月12日

風吹草動看着心
警醒醉
靈

壬寅雪夏
啟茂書 i

勇敢的孩子

飞机劈开重重云彩

仿佛专门为勇敢的孩子而开

它带着巴黎的浪漫

塞纳河滔滔不绝的爱

我用双手搭起凉棚引颈仰望

迎来引擎铺天盖地的轰鸣

飞机钻进蓝天

又从蓝天钻了出来

连续十几个小时的洲际飞行

让我度日如年般等待

扔掉奶嘴不久的老外孙儿

再过几天才满五岁

叨念着黄皮肤的一脉相承

自告奋勇看望姥姥姥爷

没有亲人陪伴

没有熟悉面孔照料

抑或无知者无畏

儿行千里母担忧

让我难以放下的是

行程万里

单调 孤独 无聊

左邻右舍陌生面孔

吃喝拉撒睡如何面对

银鹰落地 机舱打开

我看见了小不点频频招手

安检窗口

不慌不忙等候

传送带前确认行李箱包

一副哪吒闹海的做派

小背包塞满了生活学习用品

塞满了爱

我张开怀抱等待

迎面扑来的老外孙儿

一不小心屁股着地

眼眶满满的泪

2017年7月10日

少小回家

湖边　草地

青藤爬满了城堡

阿玛蒂欧回家了

天也蓝蓝

水也绿绿

林子里鸟儿雀跃

梅花鹿曲径深处眺望

目光温柔

举止典雅

绅士般的步履

小伙伴们奔走相告

远亲近邻络绎不绝

亲吻　拥抱

手拉手唱唱跳跳

参天树下

追逐　藏匿

教堂的钟声铛铛敲响

天然湖野鸭子翩翩舞动

缆绳

拽着荡漾的小舟

拽着一颗飞翔的心

飞越布鲁塞尔

2018年3月5日

我送孙儿上飞机

办完了手续　领到了牌子

通过了安检

那小小的背包　小小的身影

变得越来越小

我揉了揉模糊了的眼睛

一刻不停注视着周边

陌生的人群

黄头发　蓝眼睛　黑皮肤

大包小包的乘客　空勤

数他年龄最小　个子最小

六岁孙儿　空中之旅

十几个小时飞行

遥远　枯燥　孤单

空乘照顾到不到位

候机该不该和陌生人说话

面恶面善的怎样应对

过了安检他向我招了招手

上了舷梯又向我招了招手

在机舱窗口还在频频示意

机声隆隆　春雷滚滚

银鹰如回流如利箭

划破长空

拽着我心高飞

2018年12月10日

在湖水中

在清澈见底的湖水中

我以为我会像一棵水草

扎根深处

我以为我会像一尾锦鳞

该快时快　该慢时慢

自由自在沉浮

我以为我会

与微风中的涟漪亦步亦趋

前脚后脚到达岸边

可我

抑制不住我的思绪

航行在诗一般的远方

涅槃洗礼圣地

我家有儿初长成

或一望无际的黄金海岸

或清澈见底的标准泳道

在这个时刻

他压根儿就是浪里白条

我尽情地放松自己

几乎达到空明状态

漂浮在碧波荡漾之中

虚拟在一棵菩提树下打坐

与禅院的木鱼同在一个节拍

感受佛的关爱

2021年3月25日

古堡的希望

古老　神秘　坚固的城郭

始于十一世纪上叶或中叶

岁月长河

流淌着鲜为人知

圣母的肖像近在咫尺

据说是达·芬奇原创

略显内敛的美

或许就是作者的本来构想

城墙连绵

彩旗飘飘

正中独树一杆

象征着安东尼·利涅家族的旗帜

与虎谋皮

与豹谋皮

与鹿谋角

集勇敢与智慧于一身的精神

这座

比国数一数二的古堡

曾经抵御多少次外来侵犯

多少勇士在这里倒下

多少人在这里获得新生

我走进探秘

仿佛置身当年的厮杀

前门的石狮子老了　瘦了

后花园的花儿含苞待放

让我看到了希望

2019年6月18日

观 光

再往高处

就是一百一十七层

一百一十八层谁也没上过

据说

除了迪拜塔当仁不让

就数它敢称前三

室雅兰香

空调有点冷

尽管窗外气温已是年内新高

帅哥靓妹还是西装革履长袖衬衫

标准职业化的谦恭

脚下云雾缭绕

夏日迟迟不忍离去

或许留恋一望无际的蓝天云海

今年

又是小朋友长个时节

睡梦里叨念着一门血脉

不辞万里跨洋越海

只为一个"情"字

时光留不住彩虹

放眼远眺圈里圈外

青山岑寂

海天一色

新区楼宇雨后春笋般耸立

2019年7月5日

光陰留不住

佳時虹不栗

壬寅夏啟戌書

美丽的谎言

隆重的告别晚会正在进行

口哨声　欢呼声　接二连三

我拿捏着一张张纸条

毕业前夕人手一份的情感告白书

唱响

班花自然众星捧月

班草依然频频出彩

她躲在一个人的角落

一如既往

一个人的凳子

一个人的冷

一个冷美人

以下是一首诗歌

指尖里溜走四年时光

我依然对你不变

有阳光的地方定有你的影子

有花的地方定有勤劳的蜜蜂

临别了

我心依然

……

这是我送给班花的纸条内容

也是晚会的最后表白

但当我准备朗诵时

我似乎感觉到了冷美人的目光

那种期待与渴望

我违心了

我把抬头说成了冷美人的名字

尖叫声瞬间穿越屋顶

只有我知道

我说谎了

我欺骗了大家

欺骗了我自己

但我看见她笑了

笑得很美很暖

2023年4月21日修改

第二辑

不老情

傻傻的就是一道风景

上午几个字

下午一壶茶

早晚相约河边来一把

鱼儿上不上钩就随它去吧

满打满算

没有几天就入秋了

树上的黄叶开始跌落

枝头上

曾经昂首挺胸的青涩老成多了

黄澄澄的

一副羞涩的样子

没有遗憾了吧

做过的已经做过了

没做的没人赖你

新生代已呼之欲出

娶妻生子是他们的事情

多与少是他们的事情

虽然没有期望的高度

天塌下来也能顶上一阵

偶尔

报一声平安

就知足了

用什么安慰自己呢？

语言文字不是专长

美酒鲜花　易醉

琴瑟和鸣没有那爱好

傻傻的

就是一道风景

2016年6月19日

春园漫步

又是一个季节来临

木棉与百花竞相斗艳

我听见浇花人对拾花人说

人和花有点相似

就一个字：争

我　　踟蹰于园林

吟诗赋词

不会

拈花惹草

是别人的事情

我信步由心　　曲径处

感受

春光对我的爱抚

我对春光的眷恋

感叹

脚下的枯叶

柔柔的

厚厚的

叶落归根的安详

我随手拾了一片

掂量掂量

薄薄的

干干的

蝉翼般轻

今年

全球气温持续升高

季节转换越来越模糊

春　先期到了

千树万树花叶鲜嫩

园子里又是一番热闹

2016年2月18日

信言芳心经庆虞

听 涛

不论白天还是黑夜

酷热还是严寒

大海

总有唱不完的歌

一会儿在海的深处

一会儿到了岸边

时而轻柔

时而委婉

时而史诗般

歌声越过堤围

越过栏栅

越过一道道防线

破窗入户

前赴后继

接二连三

我爱听　爱品

午间听着

安然入睡

夜里听着

一觉天明

若是在醉里梦里

醒来已是日上三竿

2015年2月26日

离 岸

离开了岸边

心已不在江水

无须随浪花翻滚

无须深深下潜

家里人上班了

一个人无所事事

海阔天空

想坐就坐　想卧就卧

什么不想时出去转悠转悠

或

坐公园僻静处看蚂蚁搬家

鸟儿在天空飞来飞去

我且忆且喜

虽然很多时候有点颓废

偶尔还能折枝摘叶

尝个鲜嫩

春去秋来

晴朗多于阴霾

闲时想想

人能像水那样就好了

流到哪里

哪里就是栖息地

2016年9月29日

早　起

窗外的路灯灭了

或是已经疲惫

我

习惯性伫立窗口

保持多年的那份高冷

看眼前

早起的鸟儿上蹿下跳

熟透的果子对我弯腰鞠躬

我伸手踢腿

算作回礼

跌落的果子翻了翻筋斗　滚落低处

失去了往日的骄傲

不愿撒手的几颗

仍然坚守着秋天的凉爽

辅道上

晨练的人渐渐多了

跑步的

打拳的

倒着走路的　宠物狗也是

不服主人的牵绊

或挣脱绳子撒野

或找同类亲近去了

晨雾还没散尽

江水已经迫不及待

荡起一层一层波浪

固执地来回撞击堤围

翻越游泳爱好者的头顶

那边

穿红衣服的五朵金花

不知是哪家大妈

天天占据中央公园的佳位

白鹤亮翅

刀光剑影

避开正面远看

疑似二十出头少女

2016年10月21日

心随风走

不知道自己翻的还是

风给翻的

翻着翻着就走神了

先是跟着窗外的黄叶

飞出了小区栏栅

然后就随着那片白云

飘然而去

册页里

老人耷拉眼皮

看似静坐又像是回忆

前面一把椅子空着

应该是老友或是老伴的座位

想来已经空了一些时日

心随风走

岁月远去

城里城外都到了秋天

偶尔翻了翻本子

一些朋友已经许久未联系

光阴如梳

院里的繁花开了又落　落了又开

久违的小伙伴

你们还好吗

2017年12月29日

静好

好

久违的小伙伴你们还好吗

庚戌乌一

鱼儿咬不咬钩是鱼儿的事情

我喜欢垂钓

笃定

水下的鱼儿成群结队

领头的那尾个大威猛

后面跟着一群总是东张西望

它们像一群赶路人

走过的地方不留痕迹

抛出鱼钩诱饵后

我看到长线渐渐飘落

这就是放长线钓大鱼

我注视着浮标蠢蠢欲动

开始是沉着冷静注视

到后来就走神了

心境随着江水飘然

如今

虽然很多钓竿不用浮标凭警铃

但浮标毕竟让我心动过

在我心中

它依然有着一定的比重

我喜欢鱼儿咬钩的感觉

一松一紧地和咬钩的鱼儿角力

路人驻足观赏

当然

鱼儿咬不咬钩是鱼儿的事情

有些时候鱼儿学乖了　聪明了

面对诱惑不想上当

一天下来鱼鳞也没捞着

我就乘着夜色

挽着月亮回家

2022年1月29日

亮着月門潮
兀眉回家
直挽

壬寅仲夏
启戊书

上了年岁的老人像孩子

越来越觉得

上了年岁的老人像孩子

撒娇固执

有点儿叛逆

像孩子好啊

好就好在

多了一分纯真

少了一分虚伪

好就好在

多了一分慈爱

少了一分严肃

人老了

眼前迷糊

远处清楚

过去的事情忘不了

眼前的事情记不住

腰板

僵硬弯曲

人老了

转弯抹角成为过去

咸的说咸

淡的说淡

再也不说违心的话儿

人老了

喜怒哀乐挂在脸上

高兴时阳光

伤心时阴沉

偶尔

无缘无故伤感

2016年12月17日

眼前迷糊远虑清楚

朦胧的早晨

天亮了
天边刚刚撕开一个口子
林子里的小鸟就醒了
伸手弯腰
跃跃欲试
毫无节制地闹腾
叫醒了天边一抹红云

我
没有一点儿早起的意思
或许在梦里头
把记忆定格在
那一段悠闲
那一分安静
难分难舍的缠绵
踩踏着金色的林间小道
追逐

然而

鸟儿一点也不考虑你的意愿

是否更深夜读

是否新婚小别

或是庭前大呼小叫

或是轻轻拍窗

恨不能掀开一帘晨梦

2015年6月28日

深更讀小夜別 新婚

啟茂書

自行车上的爱情

有氧　代步　低碳

两个人的踩踏

感情世界的运动

历史证明了自行车的功能

交通代步

替代骡马载物载人

强身健体

自行车的性能和运动效果

备受世人认可

尤其双人双骑车型

情侣们运动休闲首选

双人双骑

心往一处

劲往一处

走走停停

累了歇歇

如果遇上弯道陡峭

常常选择

一人踩踏一人推着爬坡

双人双骑

忘记了速度与时间

说说笑笑

身心愉悦

遇上一些好的风景

入镜入画

2019年1月27日

品　茶

这杯

晶莹剔透的金色

这杯

苦涩过后的微甜

这杯

悠悠清香碧绿青翠

神农般品者

落座蒲团

红袍绿衣唐宋古风

明时杯具清时台

大红袍　白毛尖　老班章

换了一茬又一茬

店家岩石深处取回山泉

生铁煲张开了大嘴

温壶　沐洗　过滤

明前新芽就是这样的矫情

讲究水温水质

闻香　品味　品后劲

几个来回下来

任你

茶圣陆羽都会

回味

2018年3月11日

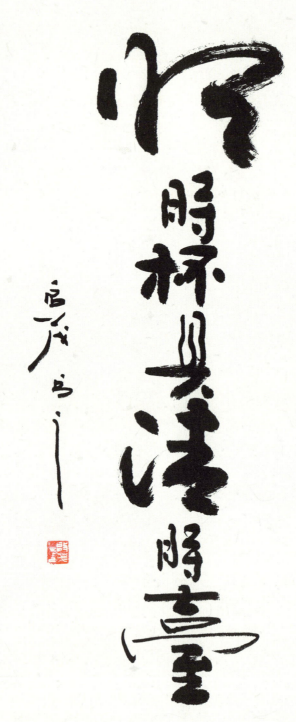

第三辑

春秋情

早 春

有花开在树上

有风徐徐

鸟儿来了又走了

一任阳光爬上枝叶

一切都是最好的安排

采花的采花

生蜜的生蜜

上上下下都在各司其职

我无所事事

双手插在袖筒里

看百花争妍　彩蝶纷飞

比较着黄肥瘦绿

和煦而又平静的阳光

不偏不倚

残雪还来不及完全消融

它就负责地唤醒种子破土而出

枝头生出新叶

老少妇孺抹上涟漪般的笑容

唯有紧闭的门户

遮挡严密的窗

还在沉睡

2022年2月9日

春 夜

星月吊顶

田野为台

清风徐徐拉开

春的序幕

我站在屋的高处

任凭

春意来袭

听

蟋蟀演唱

蛙鸣接二连三

看

雾霭如烟

苍松人立远山

山脚农家散落

零星犬吠

偶有夜行者匆匆而去

小草

忙着迎来送往

园子里桃花开了

梨花开了

油菜花金黄金黄

竹影　花香　老少安然

落地钟不慌不忙

不紧不慢

2020年4月20日

雲霧如烟云烟霏露松人立遠山

乙亥年

春天的自信

在美好的春天里
偶有几度寒冷
雨雪怕是失去机会似的
抓紧那么几天
撒泼

杨柳
搔首弄姿
小草
探头探脑
听闻远远近近的消息

风
有节奏地掠过田野
阳光　懒洋洋的
花开了
赤橙黄绿青蓝紫
芳香消磨着暧昧
小苗尖尖
顶天立地的样儿

2020年4月5日

雨 水

轰隆隆几个闷雷过后

淅淅沥沥的小雨就到了跟前

一只小鸟由远而近

落在晾衣架上说着外语

看似避雨

更像在告诉我

春天到了

时令雨水

应该换上春装动动手笔了

我翻阅了几首关于春天的诗词

走近阳台

眼前的景观与书上有点相似

垂柳弯腰

木棉花落了又落

如蓝江水

忙碌着几只帆影

凌空漫步的雨丝悠然自得

时而泼洒行人

时而润物无声

我探手

雨滴落在掌心

冰冷中已经有了丝丝温情

2022年2月24日

夏　荷

六月

池子里荡漾一只只小船

下了一夜的雨

一觉醒来

满眼的红运当头

敞开一袭青衣

硕大晶莹的珠子

亮了尚未完全醒目的眉眼

有人说我出自污泥

出自污泥又怎样

寒门出贵子

羡慕嫉妒恨吧

只不过是

想吃吃不上葡萄的说辞

有人书我花红叶绿

有人描我一枝独秀

独秀就独秀吧

我喜欢在暗地里努力

沉默中爆发

夏日散尽　到了秋收

叶落花谢的时候

还藕（偶）有所得

2022年6月25日

太阳雨

雨落如珠

着陆广场马路

弹跳间

撒了一地碎片

六月

一如既往的闷热

我借一股暖流

一片云彩

还有一些压力

匆匆来匆匆走

偶尔背负暴雨的恶名

雨过地皮湿

凌空漫步是我的专利

我随性泼洒

时而调戏女孩的花雨伞

谱出一段乐章

时而拍打汉子的脊背

汇成弯流小溪

如果坠落湖心

必定弹出钻石般的光亮

当万物干渴难耐的时候

我热风化雨

润物无声

足量的温热

让枯藤老树开出新花

种子新芽争相爆发

或

我会高架一轮虹桥飞越南北

在这个时候

不难发现几个熟悉的身影

上山采锄鲜嫩

掀开冒泡的液体

瓶吹

2022年3月7日

静心

青月

热風化雨
潤物無聲

启茂

立 秋

立秋如期而至

料定夏天就要泄气了

从热气腾腾里蹦出来的秋

断然抄了暑期的后路

一场秋雨下来

水银汞柱就下降了几个刻度

早上立秋至

晚间凉习习

自以为是的秋

动辄就是沉甸甸的果实

不经意间

敲开了深宅大院的门窗

毫不客气地上了餐台

显摆显摆

今年立秋有点另类

风雨反复无常

气温居高不下

时令瓜果少了往年的糖分

口感酸酸的　涩涩的

园子里的柚子

失去了往年的礼貌

弯腰鞠躬亲吻地面少了

西瓜　龙眼

像是渗了水

索然寡味

大山深处的清泉如是

暗淡了月牙儿

2021年8月7日

春眠不覺曉

秋　天

想到秋天

不由想到葡萄

一嘟噜一嘟噜的样子

晶莹　剔透　丰满

酸酸甜甜的味道

夜光杯中沁人心脾的芳香

想到葡萄

必然想到秋的景色

黄叶一片一片飘落

天空和大地之间

有那么一些青涩

在轻风吹动中熟透

想到秋天

不由想起一些以秋为题的诗句

比如

月有阴晴圆缺

此事古难全

花落知多少

夜泊东吴的船只

想到秋天

不由想到秋天的夜空

日渐加深的凉爽　静谧

波光如银

荒草夜伏

天台对酌的画图

2020年9月19日

舉杯對酌

月下坐蓮

壬寅夏·启戊书

秋 夜

床前探望的月光
不声不响枕在了臂弯
一如江水转弯处的睡莲
轻轻晃动

我睁开眼睛又闭上
感受小船游弋荷塘月色
荡开的波浪分了又合
到后来一点点痕迹也没了
仿佛什么不曾发生
又酝酿着发生

霓裳飘飘
流星划过一道亮丽的弧线
瞬间的绚丽
像是描绘人生一抹画卷
臂酸了　麻了
我调整了一下身躯
让思绪停顿在岁月的深处
渐渐进入梦境

2016年9月1日

秋　雨

俗话说一场秋雨一场寒

一个人的小屋
一个人来回无数
雨水过后渐渐寂静清冷
房前屋后的香樟叶落了
换上了长袖衫又换
还是觉得一丝丝的凉

雨雾在加重
秋色在加重
暮色在加重
我无法说出秋天的忧伤
雨水滴答
屋檐落下无数碎片
村子里的房子更加空了
老人和狗懒得睁开眼睛

亲爱的
我们已经分别了很久

一日三秋

少说已经十年八年

你在室内还是室外

你那边下雨了吗

是否披上了风衣

我们一起遮风挡雨的那件

2016年10月8日

静夜思

这个夜晚

老屋比什么时候都要安静

圆月跌落古井

没有一点儿惊动水族

众多虫儿装聋作哑　视而不见

唯恐扰乱

深不可测的圆满

多嘴的大黄狗缄口不语　漠视

夜行人手轻脚轻

院子里

晚风徐徐吹开花蕾

红黄蓝白

袭人的香

我守望着老祖宗留下的

坛坛罐罐　静思

天南地北

古今奇异

海那边的远方

弯腰鞠躬的竹林

弹奏着缓慢乐曲

如泣如诉

一曲更比一曲

缠绵

2019年7月10日

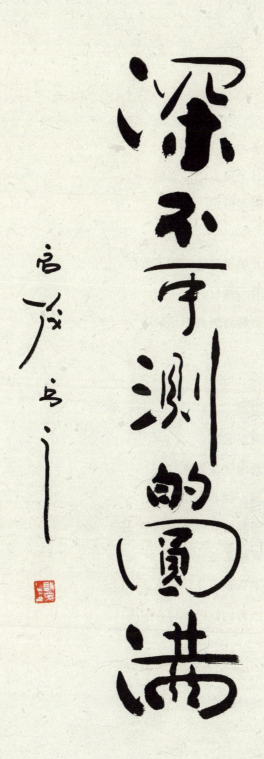

深不可测的圆满

冬 至

整个冬天

这个日子让人记忆深刻

白天时间最短

短到

来不及触摸晨曦就到了黄昏

晚上时间最长

长到自然睡醒仍不见黎明

这天

没雪没雨

只有寒风瑟瑟

枯黄的树叶在飘落

落到地上翻着筋斗

翻到僻静处就一动不动了

我掰开指头细数着

到后来只剩下几片仍然坚守枝头

就像执着的姑娘等待心上人

这个时候

城里城外都在

包饺子　吃汤圆　杀鸡宰羊

储藏室食品添了又添

卧榻上被褥加了又加

万物都在忙着越冬

唯有棱角分明的蜡梅

含苞待放

2020年12月21日

第四辑

草木情

兰香　茶香

就这样

她静静地绽放

挽起冬日的一抹阳光又轻轻放下

起落间

水开了　茶浓了　花正盛

一时间分不清兰香还是茶香

她一道接着一道冲泡

高山云雾的淡雅

深谷嫩绿的清柔

老树新芽的回甘

让我懂得了什么叫品

四周的状态很好

有那么几片黄叶闻香而至

飞进窗口翻了几个筋斗

就再也不动了

高楼折射出的银光

又折射了回去

就像风雨中码头停泊的小船

冲上岸边又退了回来

没有杂念的执着

没有怀疑的坚定

恐惧　不安　烦恼统统抛弃

心里头只有风雨过后的纯净

2020年2月2日

夹缝中的一棵树

插足于悬崖峭壁的缝隙

光明与黑暗的结合部

咬定了就不再松口

根须深深

吮吸着大地的乳汁

阳光沐浴柔韧青翠的枝叶

风雨中尽显本色

不由你选择

注定是命途多舛的岁月

紧箍咒也罢

孤立无援也罢

适者生存逆来顺受吧

月夜的清光是一方陷阱

如棉的白云暗藏深渊

进一步粉身碎骨

退一步海阔天空

别与参天大树试比高

别与花红柳绿争宠

夹缝中的存在

就是一道美丽的风景

2022年6月8日

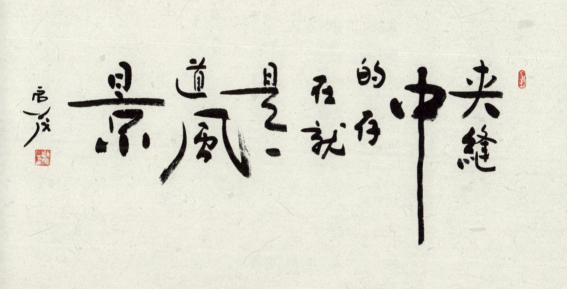

夹缝中的存在就是道是风景

传　承

当霜雪快要降临的时候

它就开始落叶

落在高高低低的僻静处

那时

我只知道它的名字

拐枣树

结出的实物叫龙爪果

味道有点儿甜

带点涩

拐枣树

九曲十三弯

枝干　果实　根须造型各异

果可食用

泡酒常饮可以预防"三高"

根的妙处在于防治肠胃受风

解热止痛

尤其醉酒的各种症状

那年

不知何故

我病了

高烧不止

呕吐不止

爸爸挖了它的根须

熬成汤药让我服用

只喝了两碗

症状就解除了

第二天就活蹦乱跳了

爸爸走时

它开始落叶　枯枝

至死追随的忠诚

后来只剩下光秃秃的躯干

旧址新栽

拐枣树虽然根底尚浅

而它那婀娜多姿的身形

婆娑翠绿的树荫下

成了家人每年回乡的打卡地

根须

居家必备

2016年10月9日

可园花事

朋友园子里的花开了　果熟了

扑鼻的香

赏花人或正装　或时尚

或私人订制

隔三岔五

不期而至

坐禅论道

泼墨挥毫

园子修建在楼宇顶层

与月亮星星的近处

数十种植物各司其职

负责值班迎宾的有

海棠　牵牛　睡莲　兰花

出席台面的数

桑葚　苹果　人参果　火龙果　车厘子

好像唯有这些鲜艳佳品

才能炮制出园子里的故事

抑或孕育不朽的作品流芳

唯有这样

才有贵妃般的醉酒

西子湖畔的不眠之夜

墨迹留香　背景墙惠存

仿佛

这是前世的一个约定

可园　月夜　星空

你不来

花儿不开

你不来

满腹的话儿无从倾诉

你不来

弦不铮键不鸣

无法举杯畅饮

2019年7月30日

禪

坐禪論道
揮毫潑墨
啟茂書

春季南方来看雪

下雪了

没日没夜飘飘洒洒

满山遍野的白

南方的雪就这样守时

相约在阳春

暖融融的季节里

舞文弄墨的来了

踏青赏花的来了

甜蜜的使者来了

一群群工蜂

一幅幅画图

人面梅花

美丽乡村

陆河螺洞

万顷梅园

房前屋后

从山脚到山顶

从水的源头到末端

百舸争流

蜂蜜　擂茶　青梅剔透
山里人的勤劳质朴
尽在洁白

2018年5月11日

踏　花

花落如雨

我迈出的步履又收回

举棋不定的犹豫

红的黄的

间中一些乳白

五颜六色的夺目

疑是

王母派遣衣袂飘飘的仙子

撒落

花瓣

一片一片

像一首歌　一首词

一如

如醉如痴睡美人

一叶一世界

一花一菩提

我　迈出步履迟迟

未曾落下

2017年1月15日

咏 梅

怒放的生命排列在

宁折不弯的枝头

或白或粉或间中橙黄

冰清玉洁的身姿

袭人的暗香

立马悬崖峭壁险境

她像指挥千军万马的将官

失落民居客栈茅屋

仍然保持大家闺秀的从容

孤军深入豪宅官邸

不见她点头哈腰

面对高高在上的威严

仍然不卑不亢

风来御风

雨来御雨

越是满天飞雪越是尽情绽放

若是春暖花开百花争艳

她却退居幕后

淡出台前

2022年4月3日

心中的蒲公英

春风拂过时它轻轻颤动

层叠于枝干上的叶片越发嫩绿

食用应该是仲春时节

而后是飞花授粉落种佳期

春意盎然

繁花似锦

我一叶一叶采摘洗涤

清水寡煮品味它的纯正与清新

在我心中它是一株灵草

金黄的花蕾俏不争春

雪白的花絮漫不经心四处飘散

不经意间撒落种子

一场雨水过后便是一番收获

神农交代

蒲草清肝明目降脂健脾胃

根梗煮水常服

更有意想不到的功效

花开时节

它摇身变为爱的使者

紫色的花蕾稀有

偶尔出现在山涧湿地

羞涩与内敛的美

深受善男信女垂爱

据说

持它求偶

丘比特爱神定然眷顾

2020年3月20日

春

繁花似錦

春意盎

壬寅夏官茂山

满天星

我生为草近于木

名曰

满天星

兄弟姐妹满山遍野

公园景区少不了我一席之地

很多时候

与蚂蚁小虫若即若离

我色彩缤纷

玫瑰的红

夏荷的白

蓝色妖姬的紫

星星点点的靓丽

我自以为清纯梦幻

真诚的信物

爱的化身

谁收到馈赠谁就拥有永恒

我耐旱耐涝抗风暴

扎根低处

无为不争

组合的花束

求爱成功率高

求佛佛应

如果你有兴趣带回一束

置于玄关

顿觉心系遥远的银河

2020年4月20日改定

無爲

己巳启功

扎根深廣無爲不羣

水浮莲

如云
风到哪儿就到哪儿
如鱼儿
水流到哪儿就到哪儿
如游子的心
漂泊天涯

有人说我无根
脚下不稳
有人说我耗氧过大
妨害水族
游移不定的本性
注定了我难以安身立命

风清月朗
我有花开在水中
绽放淡淡的香
引来蛙虫鱼虾
装点着夜晚神秘的面纱

浮生一族　数我

能屈能伸　迂回流水

我蓦然回首

不惜转得晕晕乎乎

逼近高处

我纵身飞跃

即使碰得头破血流

身临峡谷

我会夺路狂奔

走出一条属于自己的路

行将风平浪静

更是一往无前

我常常玩玩漂移

风雨中携鲜花嫩绿

走过一程又一程

2017年6月10日

携鲜花
嫩绿走
过一程
一程

庚戌乌一

小 花

小花开在僻静处

没人知道它的名字

香艳依然

爱美之人摘它插入发间

增添景色

热恋小伙摘它

单膝下跪求情

一朵花的舞台

一朵花的精彩

蜜蜂采与不采是次要的

路人摘与不摘是次要的

在阳光的关注下

它无所追求

一叶一叶打开

一叶一叶枯萎

孤独终老

小花的日子只有一枚心事

锄草的人能否手下留情

保留根梗

以待来年继续

2023年2月17日

回味老班章

它

生于斯

长于斯

仙风道骨般的身姿

我不知道它的年轮

只知道它痴迷于西双版纳

树干上的寄生

据说能够降脂降压

如果没有枝枝丫丫冒出新芽

如果没有御前的种种经历

这几棵上了年岁的老树

也许就没了茶客的惦记

它

隶属傣族自治州

布朗山布朗族

班章

既是村寨的名字

又是茶的品质

班章

美在它的茶汤　色泽

班章

美在它的茶香

回甘顺滑

较之易武景洪的醇正

堪当"霸王"的美誉

品过了明前

再泡一壶陈年古树

茶逢知己

不知不觉到了深夜

2016年5月25日

第五辑

山水情

山外有山

只缘登高

惯看远近

眼前的鸟语花香

远处的挺拔伟岸

壮哉

眼下的山川

大小高低的个头

手挽着手肩并着肩

横看

似舞动的巨龙

侧看

像一把登天的梯子

攀上它

或许就能

摘日月星辰

我喜欢山

爬过一些名山大川

以险著称的华山

以雄伟闻名的泰山

以俊秀甲天下的黄山

甚至有过攀登珠峰的冲动

但从来没有过以我为峰的念想

2015年10月21日

三湘美

久违了
三湘
你还是那样的美
久见了
握别多年的友人
你还是那样风采依然

三湘
美在湘江
美在巴陵
岳麓山的青翠
墨客才人笔下的锦绣
那一轮光芒四射的
火红

三湘
美在湘女湘男
妇孺翁媪的情意
带点儿辣
带点儿麻

肥而不腻的悠甜悠香

诗人戴叔伦说

沅湘流不尽

屈子怨何深

我说

漓蒸湘水千里长

不及友人送我情

2015年11月20日

离燕湘水千里长

不及友人送我情

应茂书

本溪水洞

山与山之间的亲吻

如一对情侣热切

水与水的交汇

泾渭难分

清流源源不断

洞府弯曲通达

乐章伴大小兴安岭脉动

起伏随帝都盛京节律

硬而且脆的钟鼓石千姿百态

屠龙刀　倚天剑　锋尖水滴

嫦娥奔月

后羿射日

菩萨衣袂飘飘拂尘处

又是一方福禄恩泽

极乐世界佛祖普度众生

弹指间加持

北方汉子高大　威猛　帅气

钻石般硬直坚毅

姑娘雪一般的洒脱与洁白

2017年12月7日

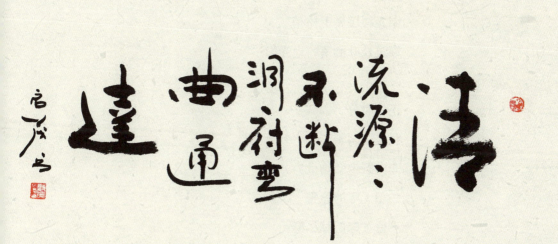

清流源不断
洞衬变曲通
达

启功书

游非洲野生动物园

风　很是随意

一会儿掠过高冈

一会儿到了洼地

一会儿亲近抚慰

阳光缓缓爬上树梢

穿过枝叶洒落一地光影

正午时分

我走进园子

非洲野生动物世界

一望无际的原野

赤橙黄绿层林尽染

鸟儿应该是累了

林子里少了它的歌唱

虫儿应该是睡了

缺了它的一段演绎

向来喜欢热闹的蟋蟀

封住了嘴巴躲进阴凉

只有那森林之王优哉游哉

一点不在乎别人的注视　品评

依然我行我素

眼前

长颈鹿点头示好

远处

水牛　斑马自顾自食

神出鬼没的灵长类上蹿下跳

不时偷袭游人的背囊

车厢里的食品

不时发出攻击的态势

放眼远山　草原

自由开放的动物世界

不禁让我想到尚在开发的家乡

地形地貌相似的千里岭南

什么时候也能

人和动物和谐相处

2016年9月8日

东瀛漫步

不可否认

这个岛国很拽

矮子变高

寿命变长

天之蓝　海之阔　疆土肥

从名古屋到大阪

从横滨到东京

千万顷樱花自顾自开

难得走上一遭

脚下留香

不可否认

岛国的现代化程度高

陆上跑的

海上锚的

天上飞的

已经比肩前沿大国

不可否认

岛国人礼节繁多

点头弯腰

茶道　剑道　武士道

头头是道

漫步东瀛

不得不认

富士山的雄伟壮观

忍野八海清澈如镜

鲜花盆景　园林小品　海岛风光

星罗棋布

漫步东瀛

不得不品

教育　旅游　基础设施建设

社会福利先行一步

漫步东瀛

一目了然

和平爱好者的赠予与心愿

却难于听见

和平公园敲响的钟声

高僧与鉴真的传道

2017年5月20日

瓷都行

又是一届瓷博会

时值二〇一七

又是一回瓷都行　拥抱

多年不见老友

仰望童氏

从手工古窑到自动化流水

小品　精品　日用品

件件珍品

簇簇华丽

转盘　泥巴

七十二道工序

工匠画师运筹帷幄

像十月怀胎一朝分娩

孕育着一幅幅山水人物

花鸟鱼虫

造型

别具一格

走进瓷都

走进近陶居

似乎

世界变得更美

人生更为波澜壮阔

那几颗硕大熟透的石榴

瓷薄　简洁　栩栩如生

看一眼就想尝尝

是酸　是甜

凝视铁拐李肖像

你自然会想到葫芦里的丹药

长生不老的传说

那几幅写意

云淡风轻

电闪雷鸣

又抒发着什么呢

2017年10月17日

伴珍

珠光族華

一丽

土家族山寨过冬至

大雪过后

就是冬至的日子

传统的土家族风俗

杀猪

我千里迢迢探友

不问

山高路险弯道崎岖

吊脚楼张灯结彩

杀猪宰羊腊肉

烟花爆竹乐开了花

凉茶　老酒

一壶接着一壶

不知名的菜肴　野味

盛满土家人的真诚质朴

脸如满月

笑靥深深

无领衫　人字帽

唱了一曲一曲

歌声越过武陵雪峰

越过万顷森林

悠悠润入内心柔软

入夜

友人生起了炭火

其乐融融

其暖融融

偶尔几声夜莺清唱

鸡鸣犬吠

脸红耳热已过三更

仍然没有入睡的意思

2018年12月22日

其樂融融　其樂陶陶　戊戌書

神龟山

老龟从天而降

出南天　穿云霄　漂洋过海

有人说老龟原是

李老君的道袍图腾

有人说它是王母娘娘瑶池豢养

还有人说它是寿仙翁脚下的坐骑

难耐天庭寂寞和管束

落入凡尘

老龟探头探脑

一步一个抬头

渡赣江　翻岭南

经新丰　入龙门

踏遍千山万水

盘踞蓝田瑶族山寨化作小山

后人称之为神龟山

山外有山

神龟俯瞰四面八方

青龙白虎护卫有加

朱雀玄武前呼后拥

溪流环山而过

山中一步一个风景

倘若你有缘到此一游

定然流连忘返

2018年12月22日

青龍白虎護衛參加
朱雀玄武前呼後擁

壬寅夏啟戍書

东江公园

东江纵队曾在这里设伏

埋下重兵

前人植树后人乘凉

烈士鲜血浸润过的土地

如今成了旅游休闲的好去处

园林中的园林

数棵地标性的古树

率先园子里安家落户

随后有了灌木家族

草本家族的阵营

堆积层温润的气候地理条件

让园子里花事不断

鸟事不断

一年四季拥有春天

墨绿如常

青翠如常

肥黄如常

流水欢歌

向东转而向西

U形水道

如玉带缠腰

亦弓亦扇

引无数商家临江竞相开发

一层更上一层

满满江水满满金

欢迎你

健身　垂钓　吸氧　放生

2019年8月25日

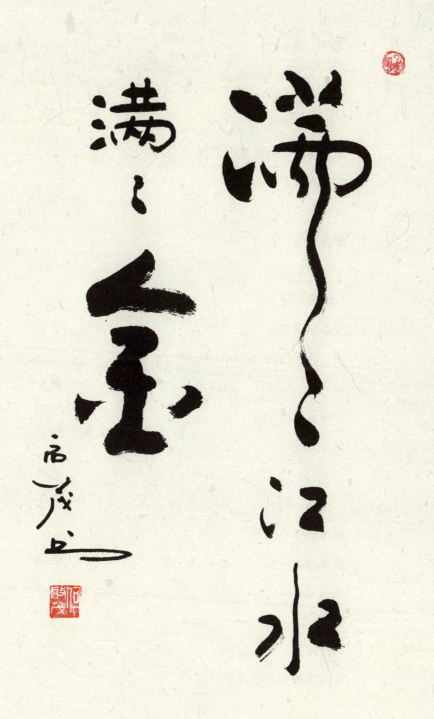

爱心石臼

千年河道断流

花岗岩皮开肉绽难再丰润

唯有河床爱心石臼

纹丝不动

波澜不惊

石臼鬼斧神工

爱心栩栩如生

像一颗跳动的心随大山脉动

如清湖　如镜子　如古井

照看着前世今生

来往宾客

大小不一的石臼

散落在弯弯曲曲的河道

或河道的转角

或河道中间

臼里一洼清水

鸟过留影　人过留形

夜深人静挽留着星星月亮

以及月亮里的主人

有人说
石臼是奔月嫦娥落下
有人说
石臼是爱神丘比特篆刻
有人说
石臼象征永恒

早春
李花　山茶花　油菜花
漫山遍野
我有幸探究此景
刨根问底
一直到大山深处

2019年1月13日

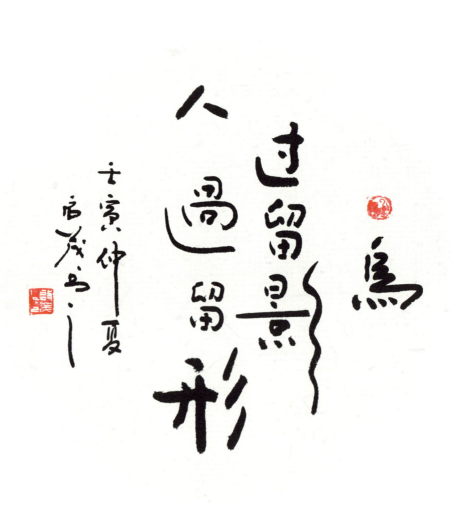

人過留影

鳥過留影

雁過留聲

壬寅仲夏

启茂书

第六辑

故乡情

长 子

——参观战友启茂祖屋遗址而作

他在这里留下了影子

留下一咕噜一咕噜的记忆

饥饿　寒冷　病痛

拎筐拾粪

星光夜读

众多兄妹数他为长

最早睁开眼睛看这个世界

混沌的天空

贫瘠的山梁

远去的流水

流水中几尾营养不良的瘦弱

老式庭院的日子一天天淡化

如今只乘残墙断壁

风吹叶落

长子归来收拾了收拾

拾起了父母的叮咛

乡亲们期待的目光

弟弟妹妹分手的一幕

他像山坡长出的一棵松树

迎着风

沐着雨

顶着烈日霜雪

顽强生长

长出了参天的模样

仍然

儿时的乡音本色

蓑衣　斗笠

远处

一团篝火忽明忽暗

奄奄一息

他站在篝火旁边守护着

迎着川流不息的风

如同一座伟岸的山

2021年4月29日

一匡拾紫芸

星光夜

讀

启茂书

家乡的月亮

又逢金秋十五

回乡赏月成了一种嗜好

天上一轮

水中一轮

盒子里的是七星伴月

小时候

爷爷给我讲中秋的故事

散花　奔月　吴刚捧酒

我心不在月在月饼

如今

月饼成了茶余饭后

心里头已放不下那一轮明月

明月中抱着玉兔的那位姑娘

几经风雨

家乡已经有了一些变化

山渐绿

水渐清

山前山后民居多了一些琉璃瓦

于是乎

外国的月亮再也不显圆了

静夜

房前屋后秋叶红了

红瓤柚子开始亲吻地面

我顺手摘下几颗

2018年9月24日中秋节

平安夜话

我　喜欢夜晚

月朗风清

宁静神秘的感觉

酣然入梦的均匀

那张

眉眼高挑

嘴角带着浅浅的痕

夜晚

有时难免

风雨交加

伸手不见五指

偶有

狂风暴雨的热闹

夜半敲门

夜晚

最是让人心烦　心安

心烦的人常常会

睡梦里惊醒

心安的人

天崩地陷也当风雨拍窗

夜晚

聊

家长里短

听

模糊不清的梦呓

看

床前的月光落在

那张稚嫩的脸

夜晚

庄稼在长

个头在长

原先乌黑的头上长出银白

老花眼日渐加深

夜晚

有人在劳作

有人频频举杯

有人踩着裙摆晕眩

我坚守着

屋子里的坛坛罐罐

2018年9月9日

我家门前的木棉树

一棵百岁的木棉树

让众多年轻自愧不如

凛冽寒风中挺立的身姿

岗哨看了肃然起敬

杨柳只有点头致礼的份儿

它

周身的创伤

毫不怀疑

是身经百战的勇士

历史见证了这棵木棉

一年一度最早拥有春天

众多的生命还在冰雪中瑟缩

它已经张开翅膀

率先

独树一帜

其实

木棉并非大自然的宠儿

正值风和日丽的时节

秋

似乎就与它过不去了

先是一层一层剥光衣衫

接着又是雨水泼打

一重一重冰雪

一重一重压迫

木棉

有着英雄之称谓

身姿　高大挺拔

枝干　宁折不弯

早春绽放的朵朵鲜艳

赏心悦目

摘下来晒干还有药用价值

木棉

与春常在

与天地共存

2018年11月27日

柚子花开

昨天还是墨绿的世界

一夜间就像串联好似的

漫山遍野裹上了雪白

蜂拥而至

蝶拥而至

它们要赢得时间

采花生蜜

亲吻与拥抱

他守望着柚子花开

有那么几只工蜂在他头顶盘旋着

久久不忍离去

或许分不清

是他的头发花白还是花白

他几乎觉得完美

柚子树就像自己的孩子

看着一天天成长

带来美的享受

花朵的芬芳

花美　蜂美　蝶美

群山醉了

田野醉了

赏花人醉了

工人忙着修枝　摘叶　上肥

唯有他似醉非醉

估摸着今年的收成

成千上万的柚子去向何处

2019年9月23日

蜂蝶纷纷过墙去，却疑春色在邻家。

两棵樟树

同科香樟

一棵源于苗圃

一棵来自山谷

并排移植老屋门前

它们一起落叶

一起返青　吐绿

时而亲密相拥

时而摩挲抚慰

比肩天地之间

情意绵绵的样子让百科

嫉妒

有人说它们是村里的一道风景

有人说它们像孪生姐妹

我说它们就是一对平常夫妻

为了一片阳光

一缕清风

有时它们也针锋相对

分分合合

暗地里

它们早已拥抱　交织

不分你我

2018年10月27日

五行说土

五行推论

我应该缺土

天干地支金木水火齐全

唯独没有戊己

先生掰着指头给我算过

说

先天不足后天补上

名字笔画加土

缺土补土

我翻阅字典里的字词

土鳖　土匪　土包子等等

最后选中"垚"字

让朋友书写装裱挂于中堂

土能生金

我喜土

座位挑中间

学习考中游

乘车选中铺

行走江湖喜欢中间路线

这些都是出自土在中央的理论

我喜土

住土房

喝山泉

买土特产

写乡土诗

每天赤脚亲密接触黄土地

这也是出于缺哪补哪的需要

但让我惭愧的是

我始终没能让自己成为土豪

2021年9月17日

那扇窗

天黑了

我不会忘记关上

起床了

我会想到敞开

阴晴圆缺的日子

半开半合

那窗

木门木框

吸潮吸湿

关上它防风挡雨

打开它放飞梦想

如果坐在窗前吹奏一曲

十里八里铺着悠扬

我常常踟蹰于窗前

看流星飞逝

皓月转动

月黑风高或沉闷的雨夜

我会持一把手电

把光明和黑暗搅拌搅拌

那窗　那灯

常开常亮

夜里关着睡觉安稳

白天开着心里敞亮

我背着背包走远

它是我心中的一盏明灯

归去来兮

心里头就有了安详

如今

我离开故乡多年

往事如烟

唯独那窗

一如既往念想

2022年5月11日

十里八里铺满恩

杨

启茂书

青石板

青石板铺设的小路穿越林荫

蜿蜒连接江边绿道

行人如潮

或晨练或休闲

不同的人走在石板路上

轻重不同

节拍不同

有人轻盈

有人蹒跚

有人越级踩到缝里

纵然忘了伤痛

有风徐徐翻动枝叶

有雨静静滋润幼苗

路旁的花儿

开了又落

落了又开

昔日的小树已经长成参天

青石板依旧默默无闻

始终保持着它的冷漠

一言不发

我喜欢青石板上徘徊

看我所看

听我所听

没看没听的时候

撩几只鸟儿上蹿下跳

2018年8月25日

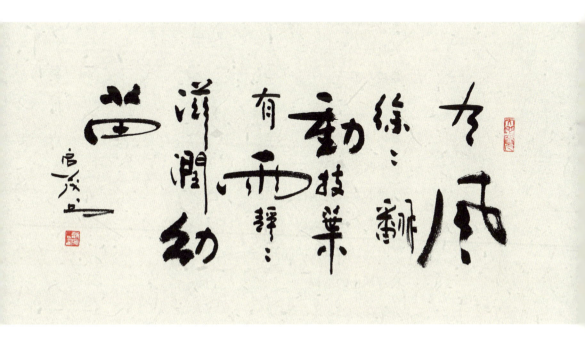

榕树下的老头

村头的榕树下

老头专座

屁股落下就像生了根

一个晌午不见动弹

头自然而然下垂

不知道是在回忆还是打盹儿

下拉的眼皮遮盖着昏黄的球体

头顶棉花般白

屈指可数的稀疏

苍蝇时而亲吻他的脸庞

时而站在鼻尖高处

调戏一番

老头以前住在城里

偶尔回来

高挑的女人为他拎包

专人专车专用大厨

那时他是村里人的偶像

衣着举止的楷模

老头孤身一人回来了

车水马龙已经成为过去

旧屋新建

还是村里最豪华的一幢

但儿女远走他国

老头

洋玩意儿不懂

守土有责

老头身边没有伴

积攒几十年的朋友丢了

同学丢了

不分男女丢得干干净净

只是乡里乡亲没丢

还有丢不掉的老榕树

风起兮

雨点沥沥

背靠老榕树

老头还是迟迟不愿离去

2017年7月1日

石 匠

铁锤钢钎握在手里
不知不觉就有了硬气
透光漏雨的草帽
发梢和眉毛的石粉
是他安身立命的标签

他懂得纹理
善于顺势而为
硬刚
容易两败俱伤
花岗岩鹅卵石
是他强硬对手
一经交手便擦出火花
他像劈柴一样劈石
铁锤落下就是有用之材

他以铁锤为指弹奏乐曲欢歌
钢钎为笔书画石上图腾
但他无法刻画和描绘自己的命运
不能为自己立下一块纪念碑文

据说

他开采的石料铺到了天安门广场

可惜没有去过天安门

他从来不去医院

没有做过体检

没有拍过X光

他说他的身体是花岗岩打造

结石在所难免

肺部应有多种石头成分

平常呼吸硬气得很

2022年1月21日

铁锤为笔 指弹为琴 欢歌钢缔 为笔书写图腾

启茂书

第七辑

江湖情

任　性

下雨了

雨点　越来越密

他还是不紧不慢

没带雨具

也不曾躲避

他说

这是一种习惯

不紧不慢

自己不能乱了自己

雨　自顾自下

没有停歇的意思

他　不紧不慢

依然我行我素

步幅还是原来的步幅

一副任性的样子

2015年6月22日

任性

李育群詩

下雨了

雨点越来越密

他還是不慌不忙没

带雨具也不曾躲避他说

這是一種習

慣不慌不慢

淋不淋 不慌

自己不能叫了自己雨還

至自顾自下没在停

歇的意思自任

性的样子

启功书

大班椅

漂亮的大班台后面

通常

配置一张宽厚的大班椅

端坐的主人

通常

西装笔挺

表情严肃

质地不同的大班椅

大致分为皮质　木质

出头的

不出头的

坐上它

有人心安理得

有人像是猴屁股

我试着坐过一回

据说是出自海南的黄花梨

扶手雕花生龙活虎

月牙儿般的靠背

特别厚实

端坐大班椅

喝酒

千杯不醉

说话

句句真理

若问书法练习心得无疑

同意两字最为刚劲有力

庄严雄伟的楼宇

仿古　仿欧

桌靓　椅靓　人靓

来之不易

2017年7月11日

开 会

接到通知

我就知道

这又是一个难忘的日子

多少年了

我已经习惯

挟一本杂志

手机电池充满

不紧不慢

步入神圣的集结地

望着高高的台上

时而迷茫

时而忐忑

我想

如果调换一下位置

也许

我的讲稿更厚

声音更加洪亮

脸部表情更加严肃

也可能声嘶力竭

台上座位很满

台下座位很稀

我常常会想

拾音效果不错的会场

藏龙卧虎

说不定

明天又有一个

不太陌生的面孔出来

主旨发言

2015年10月11日

跑　步

她经过的绿道微风轻轻拂过

脚下越发平坦

她路过的公园阳光层层印染

草木越发嫩绿

木兰　芍药　蔷薇百花争妍

鲜艳有加

她用右手搭起太阳帽

时而换成左手

迎着东方日升丈量着　奔跑着

跑向青春的阳光

跑向"520"

她没有百米赛跑的分秒必争

不及马拉松的长距离跋涉

但她固执　认真

一步接着一步

一步一个脚印

无论逆风还是顺风

晴天雨天

寂寞还是热闹

从春到夏

从秋到冬

始终如一

她的步履美如轻烟

因为她爱着

爱着温暖的阳光

碧绿的河水

大千世界的生灵

因为她爱着

所以步子停不下来

她深信

跑着跑着就到了目的地

跑着跑着就有了幸福和未来

2021年12月3日

阅读年轻的园林工人

他在公园里忙碌

不厌其烦

一个人　一把剪子　一把锄头

或一辆三轮

从早到晚穿梭往返

我停下脚步　停下操练

如年迈的母亲放下手中针线

驻足公园深处

看人来人往

万千景物

没有工头　没有监控

只有枝头的鸟儿

探访了几回

凤凰木棉花开正艳

他正值年轻

一米八多的个头

能挑能扛的宽肩膀

汗流顾不上擦拭

迷彩服脏了再脏

解放鞋湿了再湿

他专心干活的神情

就像蜂儿专注于花蕊

风

摇动着枝蔓　闪动着光影

有那么几只鸟雀还在

叽叽喳喳与我一起赞赏

品评

2020年4月12日

捉　弄

无聊的候机

阅人无数

不论你愿与不愿

飞机晚点

你得无条件接受煎熬

她坐在蓝色的靠背椅上

目光不很安分

最后和我的目光对接

不得不承认

整个候机大厅

数她

最为抢眼

瞄她一眼

肯定就有二次　　三次

波光琉璃般的眼神

披肩长发

像高山下的瀑布

我敢肯定她的身高一米六八以上

三庭比例找不出一点瑕疵

她的眼神一而再再而三
锁在我的身上
好像告诉我
她关注我就像我关注她一样
让我心跳一再加速

终于　登机时间到了
女孩不慌不忙离开了座位
天啊　让我没有想到的是
原来女孩跛了一只右脚
一拐一拐的样子
让我的心从崖顶跌落山谷

显然
我的惊讶已在她的意料之中
她冲我笑了笑
伸了伸那条大长腿
花一样的容颜
很快恢复了健全人的步伐

2018年11月7日

提年

育輝詩

启茂書

醒

做不了智者

就让别人做吧

清醒　明白

不一定是自己的事情

我生性迷糊

朋友兄弟一起

容易忘记自己的模样

喝酒　唱歌　跳舞

醉卧电梯口

日子过得松松垮垮

我自诩潇洒　放松

圆桌前打圈

裙摆前打转

没完没了的场子

红的白的冒泡的混搭

凌晨消夜

日上三竿大睡

秋风起

雪花渐渐

有那么一瞬

我不禁打了一个寒战

2016年3月25日

遇　见

关于早晨

很多事情在发生

不管你看与不看

想不想听

一只洋狗和一只土狗

偶遇十字路口

恰似阳春白雪与下里巴人

竟然

搂搂抱抱

嬉闹着　亲吻着

热情的样子

像是久别重逢

如果没有主人拽着缰绳

说不定还要私奔

狗与狗的密接

让女主人十分恼火

认为自己的洋狗是进口德系纯种

高人一等　高狗一等

白天鹅般的贵族

她一边嫌弃着土狗的乡下身份

骂骂咧咧

一边拽着一步一回头的贵族远去

2019年11月3日

偶遇

育辉 詩

布茂 書

面　试

面对长条桌前的西装革履

一副副挑剔的眼神

让他有点儿忐忑

又有点儿兴奋

春笋般的楼宇

偌大的落地玻璃窗一览无余

楼王中的楼王

集江景　湖景　街景于一体

引众多精英趋之若鹜

"985"的来了

"211"的来了

海归也伸长了脖子

等待着呼唤自己的编号或名字

室内很静　室外很美

走马灯一样进去和出来

有的信心满满

有的垂头丧气

他来去兮

自觉心跳平稳　从容　淡定

此刻　正值三伏季节
户外到处都在燃烧　浓郁　炫目
室内依然是按部就班
有条不紊
台上的挑剔着台下的
西装革履挑剔着西装革履

2021年10月23日

台风夜雨

就这样一阵松一阵紧

突然风刀

突然箭雨

毫不留情的袭扰

一遍一遍

冲击着漆黑的夜晚

内心的深藏

路灯

失去了流光溢彩

掩面泪下

大树折枝　损叶

根基动摇

衣衫褴褛的美女　高处瑟缩

随时可能跌落　亲吻

毫不相干的路人

我

躲在夜的深处

透过一层一层

看

垂柳　能屈能伸

苍松　宁折不弯

千年古塔英姿飒爽

2015年7月27日

拜　佛

佛在高处

往下看

人头变成草丛

一张张面孔模糊不清

磕头跪拜的

焚香烧纸的

弄不清

谁在向恶　向善

香灰飘落

双膝着地

腰如一张弓

祈求高位的

祈求财帛的

祈求娶妻添丁婚姻美满的

祈求红旗不倒彩旗飘飘的

红烛泪流

净手添香

三叩九拜过后

已是汗流浃背

我想

佛也应该有佛的难处

要不然依佛的佛性

肯定会

让富的更富

贵的更贵

行的更行

不行的也行

2016年12月24日

第
八
辑

军旅情

重阳三十年

岁岁重阳

今又重阳

又是一年一度登高

莲花山脉的阶梯

呼吸

漫山遍野的桂花清香

三十年了

年年今朝

东西南北会聚一起

挥手迎　东方日出

举杯祝　身心健康

没有文字的记载

没有桃园结拜仪式

只是坚守那一份承诺

无论贫富贵贱

是否同宗同姓

一视同仁的平等

一晃

三十年过去

好一个人老珠黄

好一个慈眉善目鬓发花白

好一副硬朗的好身板

你在他乡异域拼搏

我守土老祖宗传承

你敬老爱幼

我谦和朴诚

虽然没有令人向往的高位

没有令人沾沾自喜的财富

乐得一个温饱　休闲

乐得发妻相伴

夜半安宁

儿女情长

三十年前

你还是一个十足的泥腿子

我在写字楼里穿上了西装

你应征入伍当上了小头目

我外出打工实现了小康

不知不觉

你我臭味相投走在一起

高矮不分

贵贱不分

酒一样满

茶一样烫

尽管有时醉后失态

打牌放炮有些不爽

事后

仍是牵肠挂肚的"情人"

月上弦

如一镰

常想想

我们多灾多难的一代

没有没吃过的苦

却有没尝过的甜

如今

身子骨虽然有点松散

但还能干上几杯

2018年10月17日

夜倾情

三更半夜聊天真好

不费纸张笔墨

我在这个城里你在那个城里

距离不是距离

岁月不是岁月

儿辈孙辈们都睡了

吵醒了老伴不在话下

你说

你的身心都老了

过去的事情忘不了

眼前的事情记不住

我说不信

在我心里你是训练场上的星星

论个有个　论肉有肉

论军事技术

不是第一就是第二

在战场上冲锋在前

一副视死如归的样子

你说

近年你迷上了军旅战争片

手机铃声换上了集结号

我说我不知不觉

爱上了军用腰带　迷彩服

怀念当年的那身绿

近期

你是否安排时间出来走走

让我看看是否还有当年

瓶吹不醉的风采　敢打必胜的英姿

月无眠　犹未尽

抱着孙子尿完

继续

2018年8月1日

无眠犹未尽

相同月

启茂书

致朱公新闻人

三十多年过去

已经分不清河东河西

如若不是聚首

迎面不能相认

营地还是原来的营地

朱公河水流不尽

细数一茬一茬新闻人

我们骄傲

我们自豪

我们曾在这里手握钢枪

胸前别着钢笔

从头到脚一身草绿色

你来自沿海渔村

我来自大山深处

虽然没有拿得出手的文凭

没有进过新闻院校

出手照样精准辛辣

你为野战训练摇旗呐喊

我为思想教育鼓与呼

抽烟　熬夜　挤牙膏般咬文嚼字

稿件上了头版头条

腰杆子挺了又挺

你擅长通讯报告文学

我擅长新闻特写

你的走笔轻灵逶迤

我的笔锋一语中的

偶尔还会编个爱情故事

诗画杂文融为一体

有人说　我们是一支炮兵部队

远远近近都能杀敌

有人说　我们这支队伍善于攻坚

榆木脑袋都会开启

还有人说　我们是一支轻骑兵

常以小中见大　润物无声

我说　我们只是一支思想武装

三军战友的知己

师傅已是将官

徒弟多有出息

师兄师弟政坛有为　商场出彩

诗作书画硕果累累

赞美你

渐渐老去的朱公军营

我们向你敬礼

2019年11月2日

小中見大

潤物無聲

壬寅仲夏启戊書

会友即景

玻璃房　室温宜人

从这个座位到那个位置

说近很近

说远很远

严多于慈到慈多于严

转眼四十载光阴

排列如窗外园子里的竹子

参差不齐的个头

一个比一个壮实　有礼

打靶归来

大刀向鬼子头上砍去

似乎还在耳旁唱响

好家风源自竹园　军旅

高风亮节整齐划一

圆台如时针转动

从清晨到午夜

虾兵蟹将来了又撤了

时令鲜嫩换了一茬又一茬

馒头包子如当年修筑的堡垒

火力交叉

错落有致

喝了这壶再次满上

酒逢友人　天南地北

鲁苏的人文

南粤的商贸

大国之间的博弈

撸起袖子　谁也不想退让

天下兴亡　匹夫有责

2017年8月11日

回到了年轻

看了刚入伍的所在连队

又看了工作过的机关

能看的都看了

百年不再遗憾

四十多年过去

醉里梦里号角连营

榕城老兵神通广大

圆梦

车水马龙

召集朱公新闻人

探访渐渐老去的军营

青春在这里集散

人生在这里启航

握着年轻指战员的双手

倍感

军人的血性

看了更新换代后的列装

坚信

我军敢打必胜

军号吹响

操场秋点兵

一如蛟龙出海

恰似猛虎下山

仿佛让我回到了年轻

2019年11月6日

雪到豐年瑞

致战友

发黄的照片见证着

当年的英姿

同一个锅台

同一把汤勺

盛满

友爱　亲人的嘱托

馒头　分开两半

壶中　一口分作两口

周末的山边　草地

背靠着背

书写着"亲爱的"

三个字

你擦拭的是班用机枪

我操控嘀嘀嗒嗒的步话

你掷的手榴像是钢炮

我扣动扳机十之八九正中靶心

你上过雪山站岗放哨

我下过碧波万顷泅渡

你在崇山峻岭打过穿插

我在司令部里有过比比画画

醉卧沙场的感觉

似乎还在昨天

你留在了海边撒网

我回到了山里耕作

你在维和驻港部队还好吗

将官的感觉与士兵有何区别

老房东查铺

军中绿花

唱起来是否还是中气十足

亲爱的战友

你现在的身体还好吗

老爸老妈是否健在

儿孙是否有点出息

复转军人已经有了补贴

但愿长眠的战友

地下有知

2017年1月1日

友人笔下的"寿"书

像王母宴席的仙桃

硕大　圆润

像太极生出两仪

黑白分明

像小号　琵琶

出自西域的萨克斯

友人笔下

手书无数

集万千宠爱于一身

唯有"寿"字神奇

有人说它是一樽葫芦

装着悬壶济世的丹药

有人说它左边是橄榄

右边是铜钱

象征财富与和平

有人说它能辟邪

有人说它能焕发生机

我说

它就是一首歌　一个乐章

行云流水的山水画

友人的"寿"书

横看成峰

侧看成岭

布局严谨

方圆得当

如若把它挂在墙上

心间或许就有了

健康　快乐与平安

2017年5月30日

大道至简

读书　写字

提不起气儿

打拳　跑步

有些小慵懒

家里人走空了

河水静流

阳台雀跃

偶尔沙龙小聚

一群老兵油子热衷于

撸起袖子高谈阔论

中印对抗

朝鲜导弹日本上空划过

打与不打　截与不截

老友手书快递

"大道至简"

墨迹尚未干透

香飘飘

意浓浓

字里行间名家风骨跃然纸上

内涵丰富　耐人寻味

我喜欢名言金句

更喜欢将名言金句装裱成匾

或高挂于中堂

或恒温室保管

而这幅老友的手书斗方

却藏在了我的心中

2018年10月8日

第
九
辑

亲
情

爸爸的照片

烟花开在中堂相框

根在爸爸的指缝中间

这一开　就是二十多载

这一开　就是牵挂思念

我在爸爸的跟前嗅了一口

又嗅了一口

依然是童年的味道

喇叭筒烟卷

这烟花啊

瘦了

这照片啊

多了几个斑点

在游子心中依然伟岸

2022年3月23日改定

妈妈碗里的剩饭

爸爸走了
没有人帮妈妈吃剩饭了
我接过妈妈递过来的饭碗
一口一口下咽
妈妈呆若木鸡
我泪奔

餐桌上
妈妈常把自己吃剩的饭
递给爸爸
爸爸毫不犹豫吃完
且津津有味
这已经成了习惯　就像
月球随着地球转动
水往低处流一样

如今
爸爸走了
妈妈的神情
就像断了线的风筝

2018年9月6日

清晨的问候

亲爱的　早上好
清晨的问候
就是那么简单　明了
知更鸟那样准点
夜莺那样纯净
鹧鸪那样清悠

无须亲吻
无须拥抱
无须鲜活的红玫瑰
就那么几个字
让你尽情享受
空气的清新
阳光的灿烂
二十四小时的欢乐

亲爱的　早上好
字眼　音节　频率熟悉
重复千遍万遍
鲜活依旧

2016年7月8日

晚　安

月上弦

意未尽

灯阑珊

我一如睡莲漂浮　荡漾

在睡与非睡之间　回味

晚安

是一个句号

是一句祝福

每当辛劳的夜里

每当睡意降临

只要接收到这两个字

就能让你关住话匣

进入梦境

晚安

亲切贴心

晚安

亲朋好友通用

听　千遍万遍不多

说　千遍万遍不厌

晚安
给我宁静
晚安
爱满满

2019年4月4日

清淡早餐

原以为一日之计的早晨

必定

营养丰富　配搭均衡

没想

妈妈的操作

成了我必不可少的早餐

扯一片阳光为作料

滴几滴早晨露珠调适

青菜　萝卜　隔夜剩饭

铁锅里搅拌

爱满满

无须严谨的时间火候

无须红袖添香加料

妈妈温馨提示

少许姜蒜

些许油盐

习惯了妈妈的熬制

琳琅满目的茶点没了兴趣

营养丰富的西式没了食欲

山珍海味失去了引力

节俭　简单　清淡又回来了

2023年2月1日

無需羅謹的時間

失候無需

紅袖添香

調味

戌戌書

车厢里的一幕

车厢里弥漫了孩子的气息

扑鼻的奶香

刚刚还在闹腾

转眼间就睡沉了

窗外

雪花飘飘

一点儿不影响孩子的睡眠

母亲怀里

红苹果般的脸庞

蜷缩成一团的模样

像一只贪吃贪睡的小猫

母亲头发有些散乱

疲惫的旅行

让她原本漂亮的面容略显憔悴

落座后很快就耷拉下了眼皮

衣领张开

一会儿一个盹

像是防范什么似的

我不能帮她做点什么

更不敢奢想帮她看护孩子

只能静静地感受

当年母亲对我的守护

2018年8月15日改定

此　刻

此刻　台风雨前的闷热

他们都到江边吹风去了

也许正在喝冰镇啤酒

南方的天气就是这样

秋没有秋的样子

我行我素的闷热

此刻　我把自己关在屋子里

不　是在客房的大床上

把空调调到最大

想给你写信

又想给你电话

对你表达我的思念

告诉你这些天发生的趣事

沿途看到的风景

而不告诉你

孤鸦低鸣

夜色浓而且重

异客他乡的孤独与伤感

此刻　你如果在身边多好

你会在我的身后

或会在我的臂弯

相依相偎

两个影子重叠

2016年9月27日

生　日

儿子的采摘

鲜艳欲滴

不是钻石胜似钻石

女儿的订制

圆圆的　厚厚的

一层一层的果蔬　牛油

不是蜂蜜胜似蜂蜜

老头子呢

就算了吧

话里话外　不咸不淡

早就少了青春年少的激烈

今逢丁酉

满满的六十

不该来的都来了

谢顶　鬓白

语速变慢

皱褶不经意间上了脖颈

点燃蜡烛

许下心愿

生日快乐的旋律烛光中飘荡

欧版的童音不时穿越

六十岁

让人弄不清楚的季节

暮春　初秋　仲冬

倘若播下健康快乐的种子

是不是能够回到年轻

2017年4月20日

律动飘洒
劲童音穿越
戊戌

一束康乃馨

催人老去的生日

一般我不在意

渐渐地　家里人也淡忘了

久而久之

生日的提醒和祝愿

往往只剩下客服了

然而

母亲的生日我还是惦记着

或一束鲜花

或摆上一桌

这年

母亲的生日到了

友人邀我出游

我仍然不忘订上一束

也许

她母亲的生日

就是

我母亲的生日

她的选择就是我的选择

一束康乃馨

献给母亲的礼物

我不认识她

她也不认识我

也许从此不再相识

然而

当她买花付款时

却为金额不足而犯难

看她窘样

我主动为她做了垫付

后来我才知道小女孩的鲜花

是送给已逝母亲的生日礼物

她说

妈妈生前最喜欢康乃馨

花束散发着清香

我倍感母爱的伟大和亲切

我取消了出游计划

2015年10月26日

妈妈走了

——纪念养母93岁仙逝而作

妈妈走了

再也听不见妈妈的唠叨

喝不上妈妈清晨熬的稀饭

那顿百吃不厌的晚餐

妈妈走了

天塌地陷般

风雨中缺失雨伞

冰雪中缺失棉袄

生命中缺失源泉

妈妈走了

阳台少了眺望

餐台少了等候

三百六十五天少了牵挂

妈妈走了

没有人叫我儿子了

儿子的心在滴血

妈妈

我不甘心你就这样走了

没有一声招呼

没有留下一句叮嘱

说好的

百岁那天

二十四小时陪同

挂几串十万头的爆竹

响彻十里八里乡村

妈妈

你就这样放心走了吗

还有许多技能你没有传授

一些复杂问题我还无法简单

你的善良　质朴　执着

我还要勤加修炼

妈妈

你跟着爸爸西去

一路平安

2018年10月11日

失忆的姐姐

姐夫飞机失事

姐姐出了车祸

车祸了就别想好

那惨　那人　那车　那玻璃

碎落了一地

当我们赶到医院

看到姐姐面容黯淡

绑着纱布的样子

心　不由一阵一阵紧缩

妈妈当场昏倒在医院走廊

郁闷

笼罩家的每一个角落

从医院回来

姐姐就失忆了

一副茫然的样子

我的想法有些残忍

失忆了未尝不是一件好事

失忆后什么都忘了

爱恨情仇没有了

或许命运就此转角

人生重启

姐姐依旧茫然

说话很少

身体弱弱的

但脸上已经有了红润

我们都在为她高兴

但谁能想到

姐姐的失忆是装的

她在日记中写道

灾难给我带来痛苦

给亲人带来痛苦

如果假装失忆

能让亲人减轻一些悲伤

值了

2018年11月20日

第十辑

苦乐情

鹰之说

守卫着崇山峻岭

翱翔在白云蓝天

我为山之巅

打谷场上的小鸡

是我叼走的

林子里的小鸟

是我叼走的

叼不走的是

古井里镶嵌着的明月

飞行　是我专利

抓捕　是我本行

时而　漫不经心

时而　快如闪电

出其不意的袭击

是我日常惯用伎俩

我确信天外有天

海阔凭鱼跃

天高任鸟飞

当我壁立千仞

我听见了涛声依旧

管弦丝乐的演奏

从此忘却了人间

我喜欢拉升俯冲

拉升看见星星月亮

月亮中的瑶池桂花树

俯冲看见目标　爱情　功名

几十年风花雪月的飞逝

我安身立命于崇山峻岭

居高望远独往独来

小狐小兔远离于我

小鸟小鸡远离于我

牵挂的人在意的事

日益缥缈虚无

我飞越茫茫海天草原

却无法摆脱形单影只的孤单

2018年7月4日

蹉跎岁月

很想

把蹉跎的一段留给孩子

让他懂得什么是甜

什么是苦

很想

插上一双翅膀飞越那山　那水

那段曲曲弯弯

回头看看逝去的年华

坐标上

家乡的山没有名字

就像山下人家一样的穷

树木凋零

花草稀疏

虫儿鸟儿难得光顾

家乡的小溪没有名字

只有清清流水东去

偶有几尾游荡着

瘦弱的身躯

记忆中

父亲的腰板总是很直

骨头很硬

父亲的一锄一斧

力道很足

然而

父亲也有无力的时候

他说

没法凑齐孩子上学的费用

心里头最苦

记忆中

母亲的针线活儿很好

她缝补的衣衫

长短适宜

破陋处看不出痕迹

穿上它

心里头就没了寒暑

最难忘

炎炎的六月

冰冷的长夜

肚皮贴着脊梁煎熬着

一日三两的定量

能照见影子的稀粥

让我失去

长到一米七几的信心

那天

我坐在山的高处

看远近

画面很美　很美

田野里人牛合一

农友们飞舞银锄

其实我知道

那个时候的农民

人和牛的辛劳没有多少区别

那晚

又是一个中秋时节

我听着竹林深处传出歌声

是那样的甜

那样的美

其实我知道

旋律中流荡的是

骨子里的苦涩

孩子问我

童年的时候最爱什么

我说

父母　还有那间遮风挡雨的小屋

童年的时候什么最苦

我说

父母　从早到晚风里雨里

牛一样地拼死拼活

童年时候最想要啥

我说

读书　能够坐在教室里安安静静

不用背着小妹妹

窗外听课

2015年6月22日

峻嶺翻飛翔任　正着崇山　守
白雲藍天

回　归

时光送走了一些季节

一些流云

被抛弃的他终于回来了

回到曾被他抛弃的村庄

像一条流浪老狗

瘸了一条腿

那年

他曾为一位漂亮女子轻狂

抛弃了妻儿

大有壮士一去兮不复还

如今

年轻女子不再年轻

女子的儿子把他当成累赘

当成垃圾抛弃

他带着满身的伤

满身的脏

拄持一根棍棒

从村头到村尾

从西到东

居无定所

物是人非

当年的妻子走了

儿子不知去向

旧屋已成废墟长满野草

没有人怜悯他

没有人给他安慰

一杯滚烫的开水也没有

只有岁月留给他

布满松树皮的双手

不停地颤抖

2018年9月7日

孤 独

——为一位再婚的叛逆女子而作

没有朋友的赞美

没有亲人的祝福

眼巴巴盼来的音乐铃声

却是那些无法拦截的商品信息

我是一匹孤独的狼

抛开了父母 故土

北方的大雪封住了我的初心

封住了千遍万遍的海誓山盟

刻骨铭心的爱情 亲情

一个个熟悉的身影

灰飞烟灭

我问过雪山草地

南方的湖水美不美 美

南方的天空蓝不蓝 蓝

南方的大米白不白 白

我置身其中

审美的眼睛已经疲惫

剩下的只是一颗茫然的心

一副空落落的躯壳

台上新人笑

台下女儿哭

婚纱　戒指　百合花几度

马尔克斯笔下的小镇啊

你不该让我再来梦幻中探险

遭遇千载难逢的孤独

从台上到台下

不外乎十米八米

我被一群陌生簇拥

犹如众星捧月

刹那间让我觉得

盐碱地的水是甜的

卷舌音成了爱听的家乡话

主持人的祝词

句句中听

我开始过上了不一样的生活

青菜大米换上了白面豆浆

新人　新被　新褥

太空枕的柔软

臂弯里的舒适

新鲜惬意

虽说人不能活在记忆里

往事的幽灵却不理睬你的拒绝

或如影随形

或登堂入室

不很浪漫的画面

没有虚假的真实

随时都在给你现场直播

我在极力排斥

不想见到的一些面孔

极力把正极当作负极

然而事实就是事实

生活的菜刀终究无法剔除

烙在心头的一幕一幕

风雨过后的大海终究归于平静

浪花失去了往日的绚丽

我游荡在波涛中

开始感觉吃力

日子死一般地静

周围的笑容已经敛起

牵手的感觉不再柔滑

吆喝代替了温情

酒后露出了狰狞的拳脚

我常常站在雾霾蒙蒙的天空下

看一行行大雁南飞

一列列动车高铁穿梭来回

父母　发小的音容笑貌

开始在我的心头隐隐约约

多年不见的妈妈

白发是否脱尽

擅长演唱的孩子

是否还能载歌载舞

我喜欢追求浪漫

出双入对目中无人

少女的情怀

不甘寂寞的心　让我

一直没有停止过骚动

清风月夜更是变本加厉

面对伸手不见五指的夜空

我感受到了黑暗的漫长

亲友们一个个离我而去

一肚子的苦水不知向谁倾诉

我憧憬美好的爱情　婚姻

偏爱萌萌哒的小鲜肉

新鲜感容易衰退是我的硬伤

就像大海的潮汐　起起落落

如今我有家难归

满身的伤

满身的痛

满肚子的苦涩

我把少女装换上大妈的衣衫

抄起旱烟杆

点燃了心头的丝丝缕缕

2016年7月24日

悲 怜

有一种温和的悲怜挂在心头

雾蒙蒙

荡悠悠

在看不见的地方隐藏

听不见的地方徘徊

浑浑噩噩的尘世

有些事　有些人

不由你不想　不看

咀嚼回味

嗅着空气里的潮湿　花香

乡间小路上的牛粪

很难想象那些日子

那些难堪

那些蚊虫一样的袭扰

针插不进水泼不入的顽冥

山　还是那座

水　还是那湾

推开窗

迎来晨曦一抹

黄土地已长出了参天婆娑

田野里早已绿油油一片

唯有这棵歪脖子

越发粗糙

无章可循

让人始料不及

2019年6月28日

晨曦一抹

虎 赋

——参观殷明尚教授画作而作

画里画外

都是一副神圣不可侵犯的样子

猛虎下山

饿虎扑食

我行我素

活生生的王者

威猛　舍我其谁

丛林　我是一等一的大哥

就是挂在墙上

别人也要靠边

我生为虎

逛高山　钻丛林　谋杀戮

亲朋好友对我敬而远之

兄弟姐妹各怀心事

独往独来的秉性

不时让我觉得孤独

虎落平阳的时候

就是我威风扫地之时

别以为我不可一世

世界之大没有天敌

其实暗地里

我是人类猎杀的稀有物种

生存的领地越来越小

捕猎者的黑手不时伸进我的领地

掳我妻儿

剥我皮肉

甚至还将我筋骨浸泡酒中

用于祛风除湿

幸好，还有好心人

爱我宠我

为我泼墨

为我工笔

打造成无价之宝

或挂富丽堂皇的中堂

或保存收藏到箱底

看家镇宅

2019年1月10日

探　视

如果没有一年一度的查检

没有CT扫描

也许没有后来的介入

不会深度昏迷

也许他还在黄金海岸流连

扬鞭策马草原上

康乃馨的清香

手轻脚轻的抚慰

慢声细语　似乎

让他的灵魂深处有所触动

心律伴不齐

脑疾

肯定需要治疗

不是一切病情都能治愈

所有的疼痛都能消除

问题是

许多问题值得推敲

医疗方案　药物准备

医生护士是否准点到位

抢救及不及时

他依然安静

静若松针落地

静若清池

我轻轻呼唤着他的名字

编辑幽默笑话　奇闻逸事

装出一副轻松的模样

摩挲着他日渐枯萎的双手

泪水眼眶转了一圈又一圈

我抬头仰望病房的天花板

尽量不让泪水溢出

祈盼着他突然睁开双眼

像平常人一样转身起床

道一声平安与谢谢

2022年5月29日改定

静若松针落地

壬寅夏丙戌书

姑娘的眼睛

姑娘很美

眼睛很美

如清泉

如绿湖

如山溪

如星星

姑娘说我先天性眼盲

什么也看不见

生活难于自理

小伙子痴情不改

苦苦追求

一再表白愿做姑娘的眼睛

陪她到永远

小伙子信守他的承诺

陪着姑娘

遍及湖边　公园　名山　大川

花前月下　乡间小路

留下倩影

后来小伙子走了

死于一场交通事故

弥留之际

他要求把眼睛角膜

移植给姑娘

姑娘看到了世间的美丽

看到了亲爱的爸爸妈妈

却没有看到她最想看的人

2018年9月28日

空瓶子

清空的瓶子落在路旁

或在僻静处

谁也不在乎它的存在

风中

自顾自唱

雨中

自顾自哭

寂寞

自顾自孤独

寂寞中它喜欢回忆过去

曾经的丰满与荣耀

帅哥的宠爱

美女的亲吻

达官贵人的餐桌

藐视台下众多

空瓶子

其实是弱势群体

路人突然来上一脚

或是落下百丈悬崖

或是正中心窝

如果落在路的中间更具悲情

人畜踩踏

车辆碾压

粉身碎骨

空瓶子

幸好还有拾荒者收留

或许能够得到新生

2015年8月12日

散漫女人

我猜

散漫的女人

有着

一颗不甘寂寞的心

有着

撩人的身姿

勾人心魄的眼睛

癫狂在骨子里

闲情逸致拍打着时光

她的野心像野花常开

开着开着就谢了 蔫了

然后

换上一茬

她的内心常常纠结

这人 这事

这山 那山

纠结中不能自拔

散漫女人 欲望无边

她从不承认她的贪婪

她说

她不在乎很多很多

只在乎拥有一个港湾

一口深井

深井里的月亮

2016年8月11日

诗评：一双慧眼觅诗韵

——读李育辉的诗

李育辉的诗，如果放在当代诗坛上来看，应该说是具有现代韵味的抒情诗。2015 年我在北京主编《稻香湖》诗刊，发表过他的一组诗《一缕阳光》，当时我就觉得他的诗很注重意象，写得不错，诗中将阳光变成新奇的隐喻，巧妙的寄托。其中一节写道："有时 / 你将我唤醒 / 有时 / 你为我添衣 / 有时 / 你解开我难解难分。"看似一缕阳光，李育辉却把它变成饱满的艺术形象，将其变成暖人的象征，不仅唤醒你，还为你添衣解忧，这种拟人化的写法，写得很新颖，很有感染力。诗中还写道："一丝丝 / 一缕缕 / 带来的是生机 / 带走的是尘世间纷繁复杂。"这种写法，把阳光魅力化，神圣化。说的是阳光力量的强大，它能带走尘世间的纷繁复杂，还能净化一个崭新的世界，这种意象的写法，吸收了西方诗派的精髓，又发扬了中国新诗的传统，使诗歌慢慢走向了成熟和现代化。

在诗歌创作中，李育辉似有一双慧眼，能从不同视觉，发现真善美、假丑恶，从不同的角度切入，注入诗歌的活力，使诗歌韵味无穷，让诗变成生命、生活、情感的艺术，三位一体融合。二十世纪七八十年代我和李育辉是一个部队的战友，那时他就是部队的一支笔杆子，在机关写材料，新闻报道是他的强项。他转业回到老家广东，很快成了单位的笔杆子。退休后，又爱上了写诗，而且不停地探索创新，慢慢写出了自己的个性与特色。最近看了他十几首新作，让我觉得打开了一扇诗歌创新的窗口，尤其在炼意取景上很有新鲜感。他的诗是爱的世界、爱的呼唤，不仅将一草一木生活化，情感化，艺术化，还将生活、情感、艺术融为一体。他能抓住最动情的那一刹那，进入人的内心世界，加工雕琢，然后经过新巧的艺术手法，从客观环境中写出人的主观感受，刻画出人的精神、感情、内心活动的细腻。比如，《兰香　茶香》一诗，就很有韵味：

就这样　她静静地绽放／挽起冬日的一抹阳光又轻轻放下／起落间／水开了／茶浓了　花正盛……高山云雾的淡雅／深谷嫩绿的清柔／老树新芽的回甘／让我懂得了什么叫品……没有杂念的执着／没有怀疑的坚定／恐惧　不安　烦恼统统抛弃／心里头只有风雨过后的纯净

此诗看似写兰与茶的品和煮，实际展示的是对大自然的审美和对人生感性的认知。开头他写道："挽起冬日的一抹阳光又轻轻放下"，这是写动与静的灵动，接着又说："高山云雾的淡雅／深谷嫩绿的清柔／老树新芽的回甘／让我懂得了什么叫品……"这种"品"既是对高山深谷、云雾淡雅、老树新芽的外在的描摹，又是对人的主观感受，深层次知觉、味觉的写真，亦情亦景亦味融为一体，打造的是一种具有事物个性的特征，浓郁气氛和深邃意境。最后一节写的是兰的胸怀和气质："没有杂念的执着／没有怀疑的坚定／恐惧　不安　烦恼统统抛弃／心里头只有风雨过后的纯净"。短短几句诗，可谓层次清新、婉转多姿，写出了兰和茶的高雅情趣与韵味。

诗的本质就是要通过诗人的艺术手法反映事物的本质。通过这首诗，不难看出，李育辉的诗并不是就事说事，而是像透过面纱看美人，看世界，这充分体现了现代诗歌的含蓄与韵律，体现了内外兼修的精准把握。

李育辉写诗，很注重将自己的内心世界打开，让诗产生出一种感情的喷发，鲜活感、生命感特强。他写的那首《可园花事》，实际是对自然、景物的一种感情上的唤醒，也是对现实的拔高和拨动，想象力的超常发挥。《可园花事》看似很平常的赏花，李育辉却调动了自己的真情，展开了想象力，转实为虚："园子修建在楼宇顶层 / 与月亮星星的近处 / 数十种植物各司其职 / 负责值班迎宾的有 / 海棠　牵牛　睡莲　兰花 / 出席台面的数 / 桑葚　苹果　人参果　火龙果　车厘子 / 好像唯有这些鲜艳佳品 / 才能炮制出园子里的故事 / 抑或孕育不朽的作品留芳 / 唯有这样 / 才有贵妃般的醉酒 / 西子湖畔的不眠之夜 / 墨迹留香　背景墙惠存"。诗人在我们观赏者面前描绘出了一幅丰富多彩的画卷，花人合一，人花共享。这就是诗的力量，有点像电流一样的作用，当你捕捉的物景出现在眼前时，它就像一股喷泉，一羽展开的翅膀，翱翔在灵感的天空，让人感到惊奇、舒适，产生无尽的想象空间。

诗是一种超越现实的艺术，有其丰富的内涵。这个过程就需要作者的艺术素养。细读李育辉的诗，它能引你进入诗歌的情感世界。《春季南方来看雪》一诗就有这种特色，他写道："舞文弄墨的来了 / 踏青赏花的来了 / 甜蜜的使者来了 / 一群群工蜂 / 一幅幅画图 / 人面梅花……从山脚到山顶 / 从水的源头到末端 / 百舸争流 / 蜂蜜　擂茶　青梅剔透 / 山里人的勤劳质朴　尽在洁白"。这种想象力让人活了，花动了，蜂飞了，水流了，灵魂进入自由的天空。读了李育辉的诗，从心里觉得喜欢，觉得诗人注入了心血和生命，正如他的诗所言："传说它是爱的化身 / 真诚的信物 / 谁收到它 / 谁就拥有永恒"。

　　李育辉是一位勤奋的人，他以诗为挚爱，注入自己的真情，发挥宇宙空间的意象创作。这种超脱世俗的精神追求，对自己、对社会都有积极的意义，期待他更多的佳作面世。

王耀东

2020 年 2 月 7 日

草于山东潍坊